Poems by Mums
妈妈们的诗

翼森 编

奥森童书

无论在哪里,
只要有孩子,就有黄金时代

目录

◎ 春树

豆豆龙的心愿 -002

惊喜 -003

"火火兔讲故事" -004

◎ 二月蓝

自卑 -006

变化 -008

似曾相识 -010

隔 -011

教育 -012

◎ 庞琼珍

儿子辗转的城市 -014

妈妈也有不能的 -015

身体的时滞效应 -016

◎ 图雅

本能反应 -019

馒头 -020

密码 -022

深秋里 -024

◎ 吾桐紫

无题 -027

完美主义者 -028

秘密 -030

群聊 -033

无题 -034

美人鱼 -036

一个人 -039

煮妇的烦恼 -040

周末 -042

摇牙记 -044

女儿的宝贝 -046

灭火器 -048

哥们儿 -050

胆子 -053

命 -054

◎君儿

色与空 -057

家有考生 -058

两个新词 -060

思念的方式 -062

生命的盲区 -064

◎王林燕

母子关系 -067

比星星 -068

◎王立君

　　未来我们都会有哪些改变呢 -071

　　亲爱的橙子 -073

◎海青

　　称呼 -075

　　下雨 -076

◎朵儿

　　看起来像春联 -079

◎刘畅

　　疼 -081

雨中的女儿 -083

下围棋的女儿 -084

◎林火火

　　幸好，宝贝 -086

◎思礼

　　蒙太奇 -089

　　药 -090

◎安琪

　　你的爸妈是否也说你是垃圾箱捡来的 -093

◎ 李荼

　　早恋 -095

◎ 黑瞳

　　午后不宜长睡 -097

　　六月 -098

　　穿骑士服的女孩 -100

　　生日许愿 -102

　　多少岁 -103

◎ 伊秋梅

　　儿子现在讨厌的 -105

◎ 和崇芬

　　问题 -107

　　迷失 -108

　　打嗝 -111

　　惯性 -112

　　二人世界 -113

　　一小孩的周末 -114

　　角色 -116

　　都尿急 -118

　　如此这般 -119

◎ 严小妖

　　死前留情 -121

里与外 -122

胎教 -123

尴尬 -124

不在身边 -126

◎杨艳

偷听 -128

隐士 -131

在李白纪念馆 -132

抱怨 -134

救救我 -136

◎查文瑾

小斑马过斑马线 -139

抱紧理想 -140

小吃货的诗 -142

◎宋雨

哎哟，妈妈 -144

美香妃 -146

六一这天她无意中写了首诗 -148

英雄 -150

给我未出世的女儿 -152

煮妇 -154

◎苇欢

　　卡特罗吉 -157

　　毕业汇演 -158

　　鱼 -160

　　参观 -162

　　夜晚散步时，女儿对我说 -164

　　女儿的两个问题 -165

　　中国式 -166

　　蝶 -168

　　替海菁写首诗 -169

　　生肖之争 -170

　　位置 -172

　　二嫚的点子 -174

　　女儿 1/2 -176

◎从容

　　痴心部落 -178

　　孩子 -181

　　托梦 -182

◎湘莲子

　　基辅大雪中的女儿说……-184

春树 ┠────────────

春树，作家、诗人。80后著名代表人物之一。第六届李白诗歌奖银诗奖得主。代表作有《北京娃娃》《长达半天的欢乐》《2条命》《在地球上：春树旅行笔记》等。

豆豆龙的心愿

我的愿望

是世界上的豆豆都爱上龙

龙都爱上豆豆

没有物种的区别

从此

大家快乐地生活在一起

惊喜

一只蜜蜂

飞到我浅紫罗兰色的围巾上

再过一阵风

它就会飞到我的唇上

"火火兔讲故事"

我比儿子还听得津津有味

好吧,他还小

听不懂

我听着那些故事

就像重过了遍童年

我的童年

缺少玩具

有些道理

我早已忘掉

"如果把每个人的优点都安到自己身上

我就没有办法当自己了呀"

我陷入沉思

下一秒

它又开始讲了一个新故事

二月蓝 |

二月蓝，60后女诗人，先后在《新世纪诗典》《当代诗经》《诗刊》《星星》《世界诗人》等刊物发表大量诗作，部分诗作被译到国外，多次获奖。出版个人诗集四部、十人诗选合集一部。

自卑

说着说着

江睿就哭了

"我现在好自卑

学习差

诗也没姜馨贺她们

写得好

就连我最喜欢的画笔

也不喜欢我了"

行驶中的我

连人带车

来了个急刹

我扭过头去

安慰她

宝贝儿你也很棒啊

记住

你的好

和她们不一样

007

变化

女儿飞走以后
我开始恶补地理
关心起已丢
三十多年的
亚洲地图
一遍又一遍
用眼睛
丈量着重庆
到南京
武汉
东海
日本岛的距离
预测起春天
在东京的体温

009

似曾相识

当闺女的男朋友星雯

将一块臭香臭香的榴莲酥

用筷子

亲密地夹送到女儿嘴里时

那张口接福的小模样

让我的眼睛

滑向了坐在右侧的老公

他面无表情

正襟危坐

偶尔伸出手指

弹几下烟灰

隔

把背包

背在前面

双手都不空的桃子

在通关前

和爸爸的告别拥抱

仿佛已经

隔着一个遥远的

日本海

教育

爸爸说出国

东西不能带多

何况你只是

去读书

桃子在一边

很不高兴

直到在机场

行李托运窗口被罚了

一千元超重费后

她才破涕为笑

庞琼珍 |

庞琼珍,四川南充人,现居天津。作品入选《1991年以来的中国诗歌》《当代诗经》《葵》《新世纪诗典》《诗刊》《中国诗人》《诗潮》等刊物,新诗典作品《老腊肉》被译成英语、德语、法语、日语等九种文字十一个版本。著有汉英对照诗集《庞琼珍短诗选》,中韩双语诗集《断代史》。

儿子辗转的城市

妈妈关心

杭州的天气

北京的雾霾

香港焚烧垃圾

吹到深圳的风

妈妈也有不能的

那时我们住在筒子楼

军营里的丈夫

一两个月探家一次

一岁多的儿子

拉着爸爸的手

挨家挨户敲开邻居的门

"我爸爸来了!"

身体的时滞效应

每到儿子生日

我就犯困

可能那次累惨了

补坐一天月子

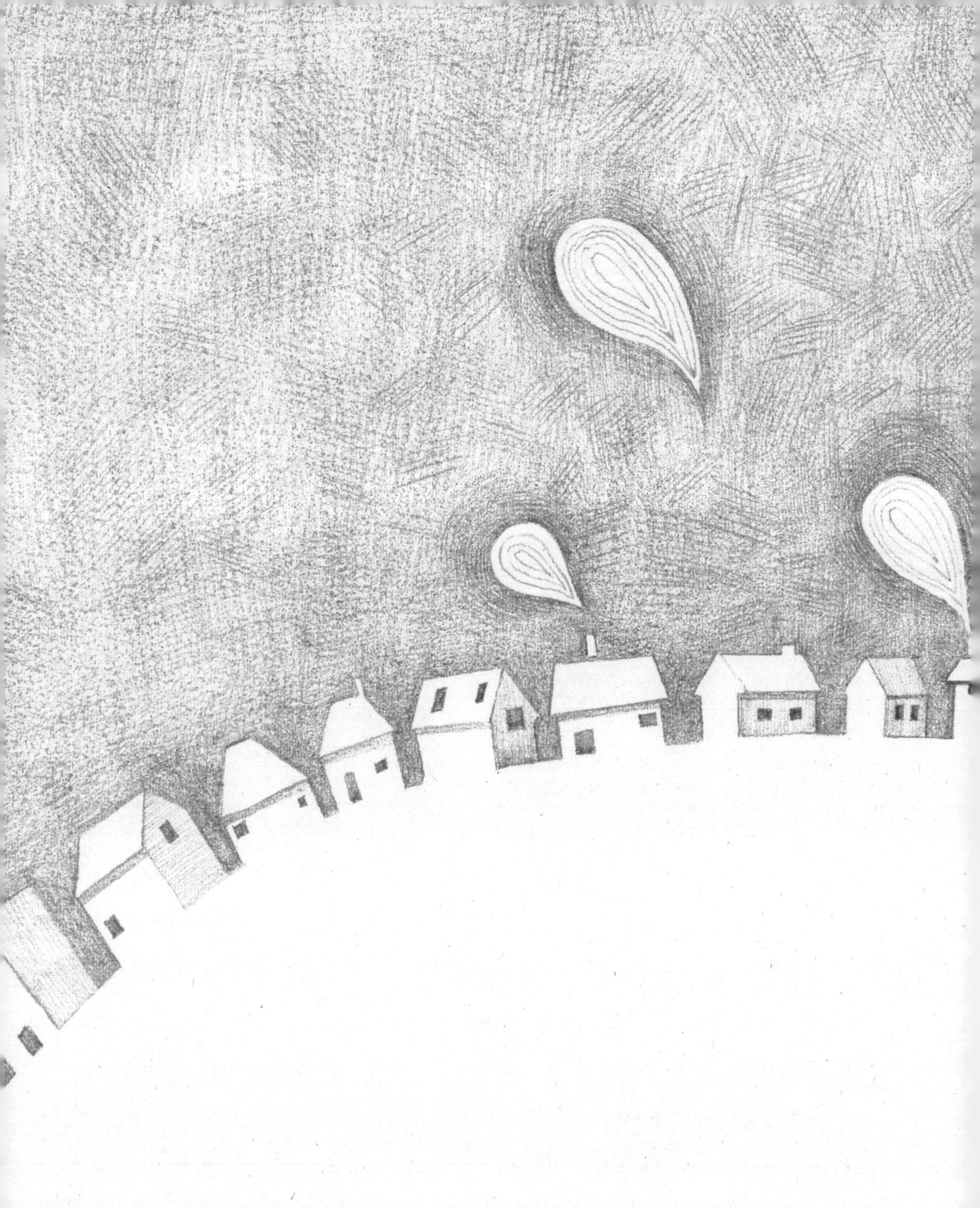

图雅 |————

图雅，60后诗人。2017年获亚洲诗人奖（韩国）。代表作《母亲在我腹中》。
作品发表于《新世纪诗典》《葵》《1991年以来的中国诗歌》《诗刊》等刊物，
部分作品曾刊登于《新大陆》、韩国《东北亚新闻》、中国台湾《秋水》等刊物。
作品曾被翻译为英语、韩语、西班牙语等。

本能反应

《上海时装之苑》
是家里最漂亮的杂志
儿子七八个月大
每次看到杂志里的黑孩子
总是哇的一声哭起来
翻过这页他就不哭了

馒头

新中国成立初期

天津把孩子生得多的妇女

叫作"英雄母亲"

有位"英雄母亲"

生了十个孩子

懒得取名

就叫：

大馒头

二馒头

三馒头

四馒头

五馒头

……

谁没回家

就数鞋子

如果缺了一双鞋

就让馒头找馒头

街道大院里回荡着

馒头们的叫声

英雄母亲

享年五十五岁

密码

汶川地震之后
孩子他爸希望我
把存折密码告诉孩子

十八岁时
孩子他爸又提醒
我还是没给

我想等到孩子上大学
告诉他密码
不仅是存折
还有我的银行卡
电子邮箱

博客

微博

微信

QQ

这些如命的东西都交给他

让他替我保管

深秋里

阴天,有风吹着门
就像有人站在门口轻轻扣着

我一边擦地一边想寒露之后是什么
是霜降吧。真是一天凉比一天

要不要跟儿子隔空聊一会儿天
说说二十四个节气?

从今天开始重新学习
一个季节一个季节地背

从秋季开始
立秋　处暑　白露　秋分　寒露　霜降……

等到能倒背如流
人间的冷暖我们就不必惊讶了

025

吾桐紫

吾桐紫，1983年生，现居福建宁德。诗作入选《当代诗经》《新世纪诗典》《中国口语诗选》等。

无题

晚上

女儿又在学唱歌

唱到歌曲结束

我听到

她自言自语：

怎么会

唱得

这么难听?

完美主义者

给若昕扎头发

才发现出门时

忘记准备发卡

梳好的发型

怎么看

都觉得不够完美

在去诗会的路上

发现走我前面的

诗人王有尾

头发上

别着一枚发卡

惊喜之余

我心里暗想

如果能

要到他头发上的发卡

就完美了

秘密

北京夜晚的水立方

人头攒动

游客们都在

拍照留影

只有一个小女孩

坐在绿化带

旁边的石墩上

写诗

她身后的树丛中

露出一朵

盛开的喇叭花

仿佛一个放大镜

偷偷地看女孩

写的啥

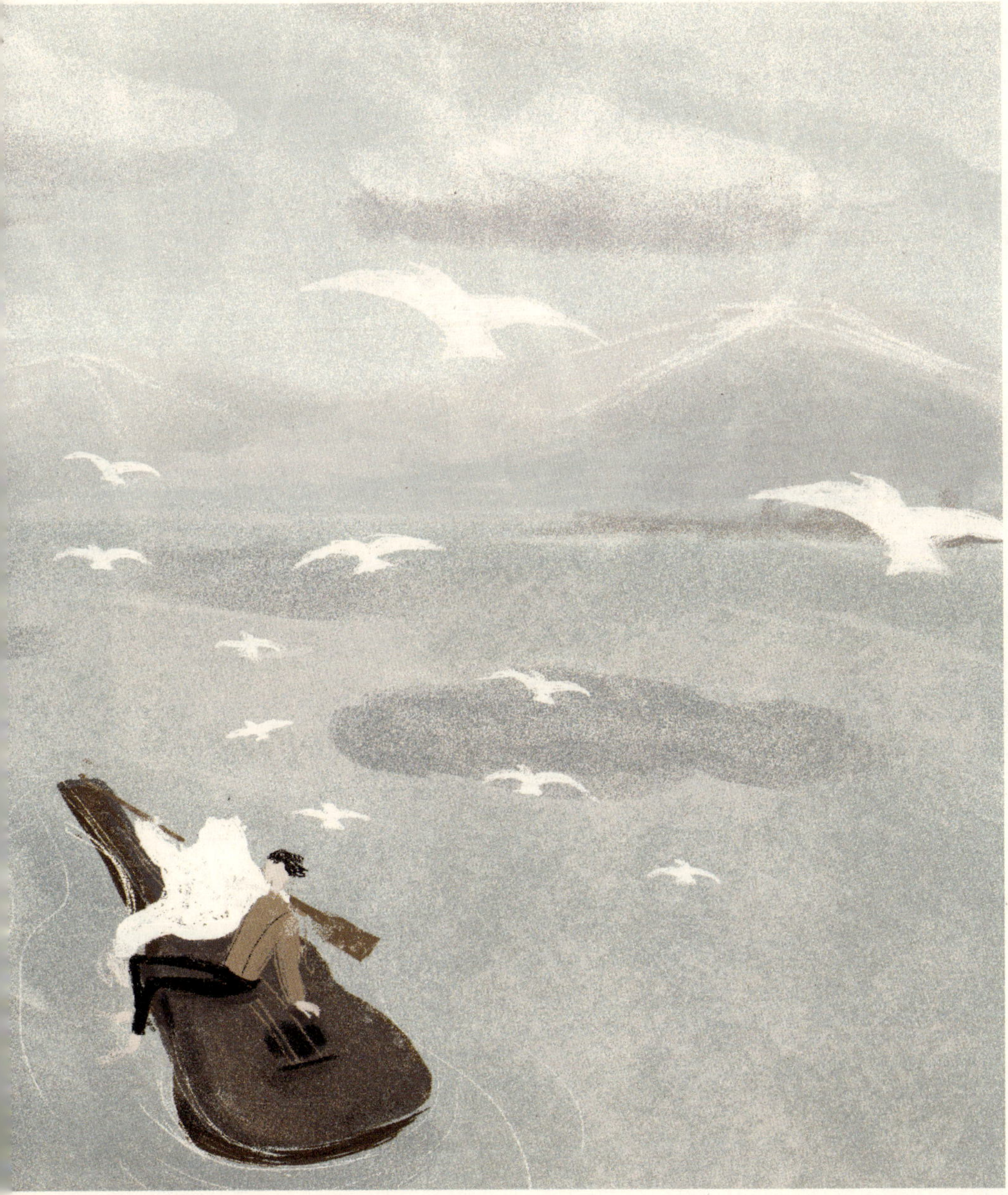

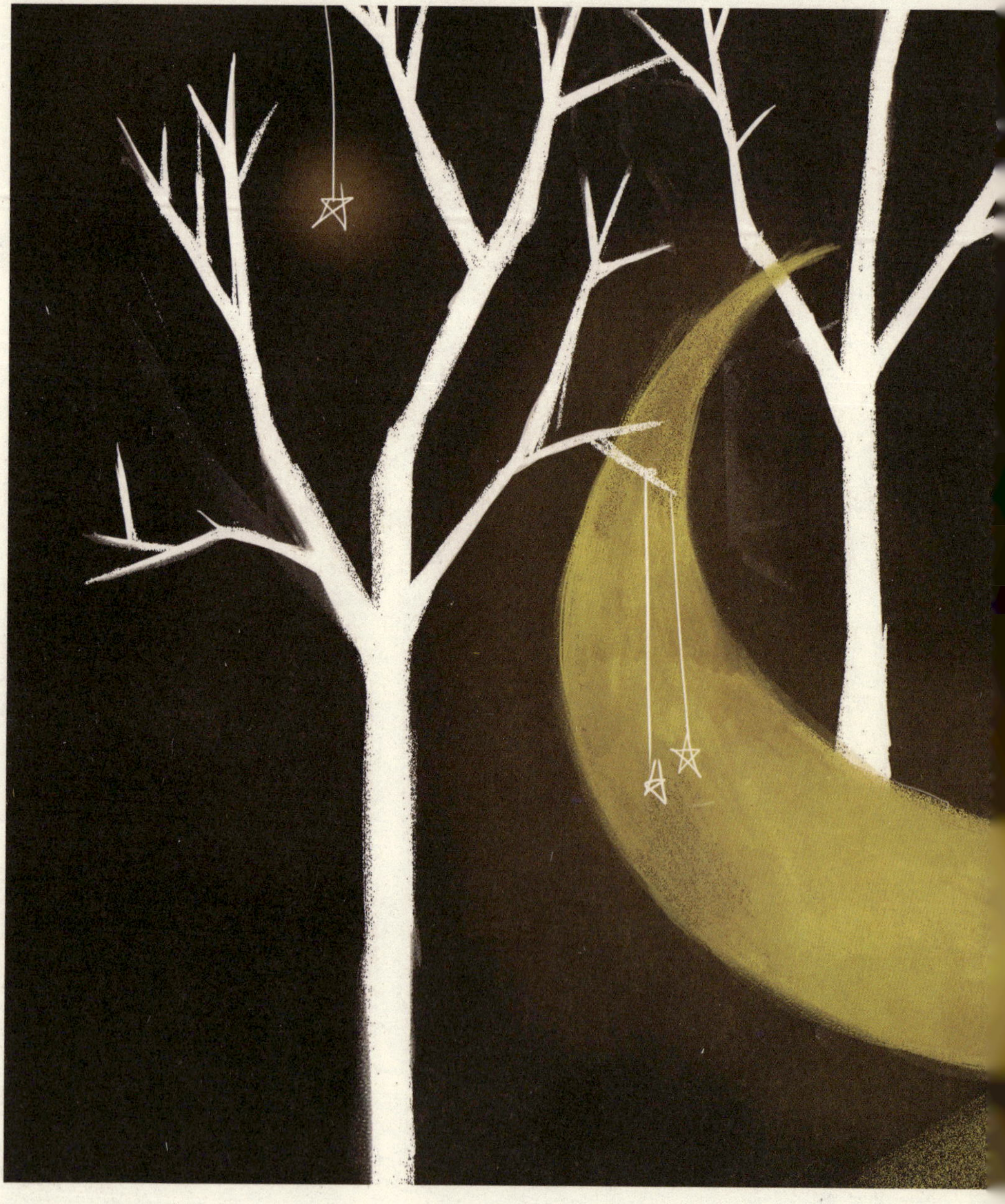

群聊

昨天女儿和我拌嘴
之后手机微信里
显示消息
"你被若昕移出群聊"
这个群
有她
她爸爸
还有我
这下只剩她
和她爸爸
两个人群聊

无题

看女儿跳舞

我就想

这么复杂的动作

她怎么就会了

看女儿弹琴

我又想

那些像蝌蚪一样的音符

她怎么就会了

我想起我自己

也是喜欢唱歌　跳舞　画画……

可是迄今为止

这些喜欢的

我一样也没学会

看女儿把我喜欢的

一样一样地学会

我感到很欣慰

美人鱼

女儿不知道马尔代夫

我对女儿说

马尔代夫很美

天空特别蓝

海水特别清澈

能看到各种各样的鱼

女儿马上问

那有美人鱼吗

我说有啊

你在海里游

就有美人鱼了

038

一个人

女儿和老公

出远门

我一个人在家

搜遍家里的

每个角落

寻找女儿和老公

散落的衣物

慢慢手洗

好让夜晚的时间

不那么漫长

今晚四处寻找

终于发现

还有一双

女儿的袜子

心里不禁一阵欣喜

煮妇的烦恼

每天我都要思考

三个问题

早上吃什么

中午吃什么

晚上吃什么

有的时候

我想

饿个一两顿

但问题是

还有女儿和老公

于是我就

准备好他们的饭菜

然后自己

再饿着

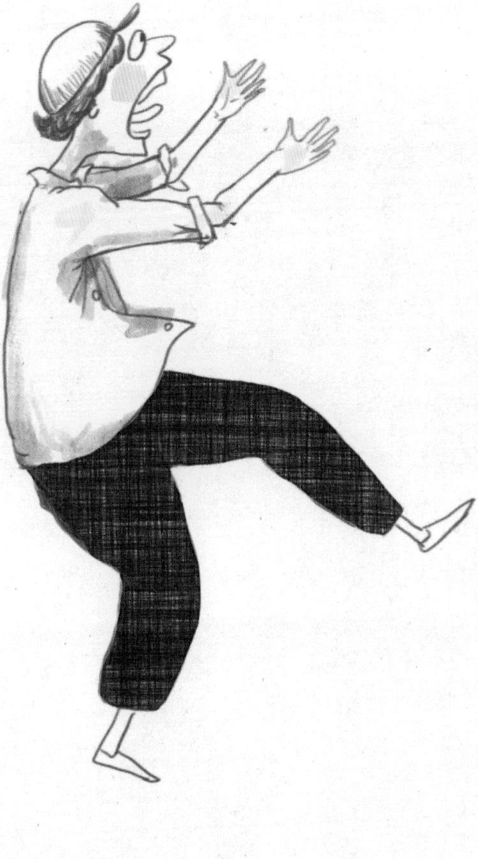

周末

女儿趴在地上
读诗
屁股后面放着
昨天买回的小风扇
我瞧见风扇
转一圈
女儿的裙子
就随风掀起来
露出里面的
黄色小短裤
一下又一下

像只小鸭子

顿时觉得

这个周末

无比可爱

摇牙记

女儿已换了五颗牙

第六颗、第七颗也相继

开始松动

但整个暑假就要结束

这两颗牙依然屹立不倒

催促女儿每天摇一摇

要不新牙

就长不出来了

今天我午睡醒来

发现女儿在书房

和她爸爸

玩石头剪子布

爸爸赢了

摇下面牙齿六下

女儿赢了

摇上面牙齿五下

眼看女儿的牙齿

就快掉了

女儿的宝贝

女儿的书包总是很沉

有次好奇打开

发现除了书本外

还有乱七八糟的

在我看来是垃圾的

一堆东西

女儿将它们视为宝贝

好多次

我都趁女儿不在家时

悄悄整理出她的宝贝

但每次都能发现

新的宝贝

047

灭火器

因为女儿的学习

和老公拌嘴后

我在心里暗自打算

至少几天

不和他说话

谁料

隔天中午

女儿顶着大太阳

走了二十多分钟

去另一个公交站

坐往她老爸办公室的

那条线路的公交车

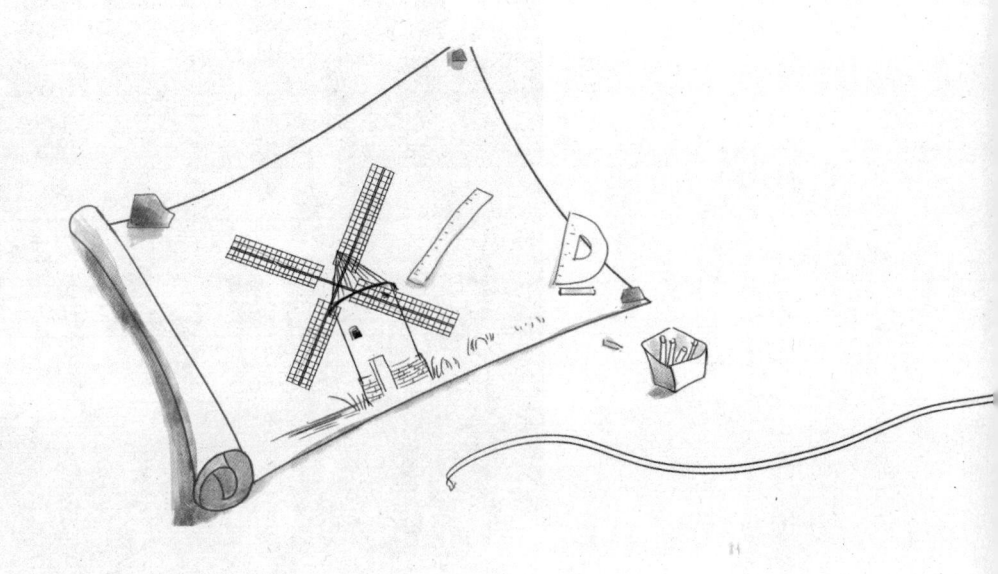

把她老爸

带回家

一场无声的战火

才刚开始

就被熄灭了

哥们儿

女儿的电话手表

有个名字叫

小寻

她问小寻:

我们是朋友吗?

小寻答:

我们不是朋友

我们是好哥们儿

所以

女儿就有了个

无话不谈的

好哥们儿

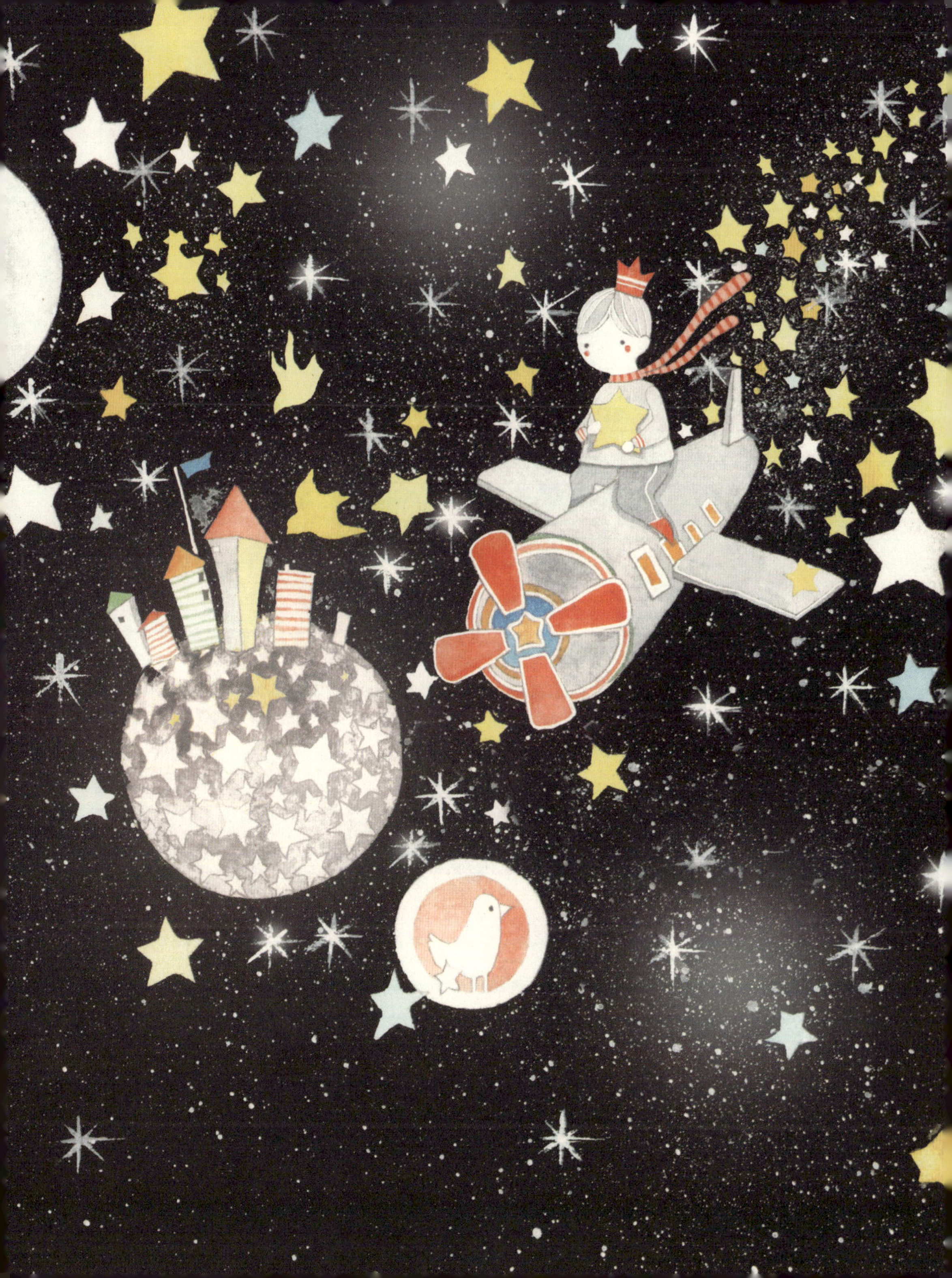

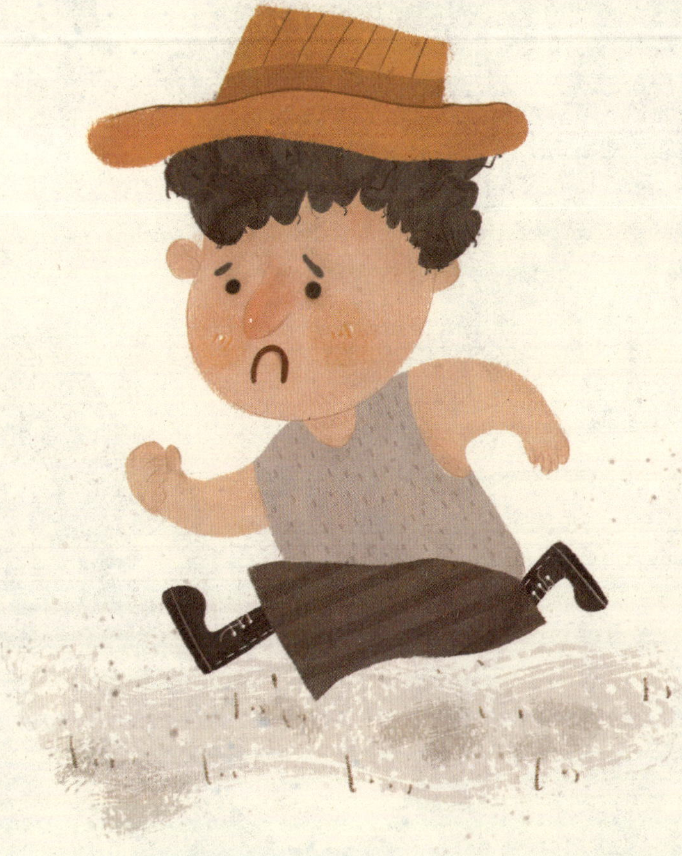

胆子

女儿是我胆囊切除术后

怀上的

如今

女儿胆大的性格

让我觉得

她是老天

特意派来

为我壮胆的

命

女儿刚出生

她奶奶就拿着

女儿的生辰八字

找先生算命

回来后

奶奶同我们说

女儿是当姐姐的命

对此我默不作声

没想到十年后

国家放开了二孩政策

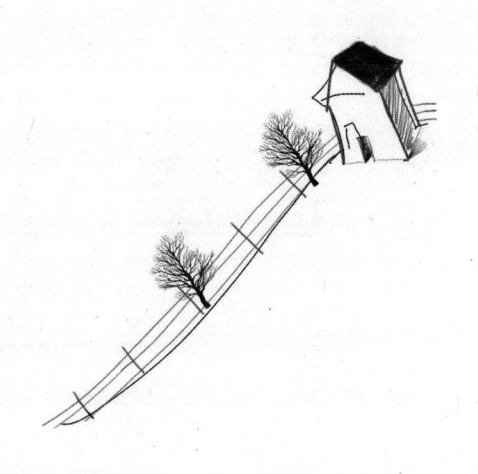

我想起当年

算命先生的预言

如果我再生一个

女儿就真的

当姐姐了

┤ 君儿

君儿，1968年生，现居天津。第五届李白诗歌奖金诗奖、韩国第二届亚洲诗人奖得主。

色与空

儿子　我没想到

我曾遭逢的尴尬

你也要重新遭逢一回

比如肤色

我们竟成了介于

黑人与黄种人之间的

又一物类

在非洲显得白

在亚洲显得黑

如果我们为此骄傲

其实又有什么不可以

家有考生

暮色降临

等儿放学回家

饭菜半已上桌

半在锅里

他吃得不多

口味较刁

每天的剩饭剩菜一大堆

转天只有倒掉

我对自己发誓

这样的行为

只能持续到高考

059

两个新词

跟儿子学了两个新词

一个是"社畜"

一个是"划水"

社畜大概是指我这样

从事社会工作已经被工作

奴隶化的俗人

他说此词来自日本

划水大概是指抽闲自娱

当然准确的意思只有儿子最懂

他意味深长地自嘲

自己也加入了社畜的队伍

担心他工作太卖力

我发微信嘱咐他

只要有时间就多

划划水

思念的方式

有时想儿子

就给他发红包

有时很想他

就给他发大红包

从几十元到上千元

然后万虑皆空

坐等微信上传来

"朋友已确认收钱"

063

生命的盲区

儿子长到快六个月时得病

因为太小要在脑门上扎针

他拼了命哭

小小的一个人

全身变成了青的

护士好不容易在头皮上

找到血管

扎进针头

我攥着他的胳膊

不让他乱动

陪他一起哭

多年后的某天

已经十九岁的他说

"我记得那次扎针

我以为我要死了"

┤ 王林燕

王林燕，祖籍巴蜀，生长于新疆，热爱诗歌和生活。

母子关系

儿子把头埋进我怀里
嘴巴轻轻拱着我的乳房
"你是要吃奶吗?"
看我就要撩起衣服
他笑着连忙跑开

比星星

暮晚我和儿子在小区溜达
儿子发现天边一颗闪亮的星星
走着走着我从另一半天空
也找到一颗耀眼的星星
儿子要和我比一比
谁的星星更亮
我们的星星天各一方
总是被高楼阻隔
我们跑啊跑
终于让两颗星星相遇

我们热烈争执　互不相让
而它们
对自己亿万年前发出的光
早已无能为力

| 王立君

王立君，1974年生的天津人，自称是一位爱写诗的会计。

未来我们都会有哪些改变呢

小雨的身份证
办下来了
有效期五年
小雨妈妈的身份证
有效期二十年
小雨妈妈的妈妈
身份证的有效期写着
永久

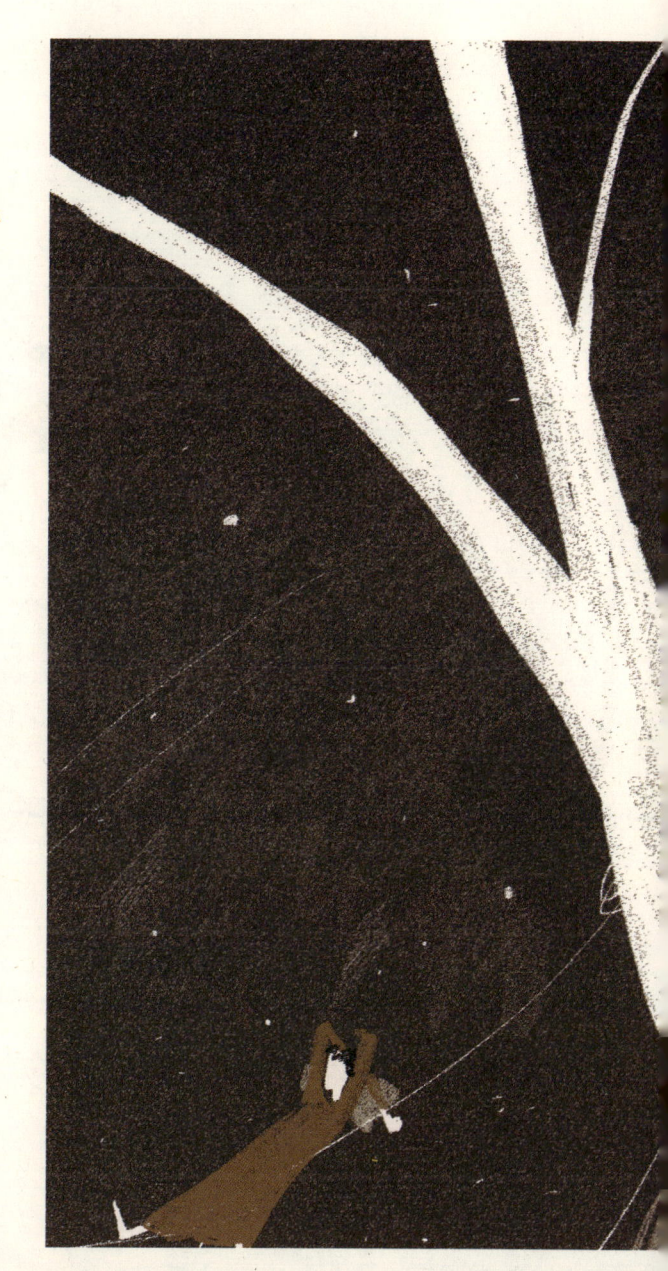

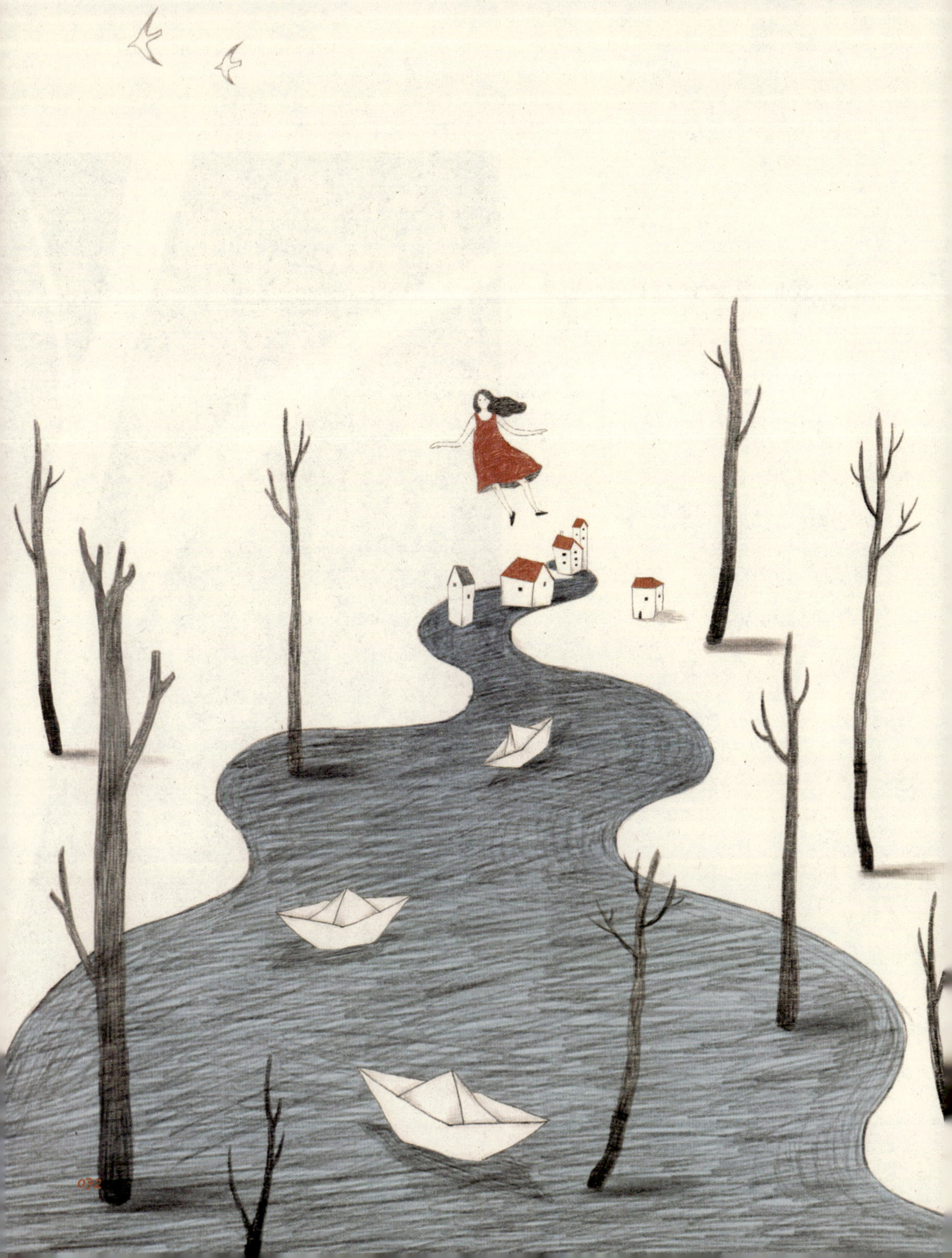

亲爱的橙子

单位春节发了橙子
我说今年的特别好
你看
橙子上面有脐
有脐表示特别地甜
小雨想了想
把衣服撩开
指给我看她的那一个

| 海青

海青，先锋诗人。诗歌入选《新世纪诗典》《当代诗经》《诗刊》《中国诗影响》《稻香湖》《中国当代诗经》（韩国，双语）等选本、杂志。出版中韩双语诗集《花落的方式》。

称呼

女儿对我称她爸
为"你对象"时
是我和她爸闹分歧时

女儿叫我"姐姐"时
是她自己开心
又讨好我时

女儿称我"王总"时
是她想拉拢我
高抬我时

她爸这时和她一个立场时
也称我"王总"
但我从没当过什么总

下雨

电视剧里

每当有悲伤、痛苦

就下雨

这是规律

每当此时

我都问女儿

为什么下雨

女儿背书似的

费劲地竖起小嘴

说

渲染气氛

直到后来她再不屑于回答

这个简单的问题

女儿

我不想你

可是

窗外在下雨

———————┤ 朵儿

　　朵儿，原名许晓华，河北承德人，70后，作品散见《葵》等报刊，作品入选《2007年中国诗歌精选》《1991年以来的中国诗歌》等选本。

看起来像春联

儿子今年本命年

我给他置办一身红

他戴个红帽子

帽檐写着 NBA

围着红围巾

上面都是福字

怎么看怎么喜庆

他回来说

"谁见了都赞美

只有一个说

看起来像对春联"

| 刘畅

刘畅，生于二十世纪七十年代，写诗、画画、摄影。曾参加《诗刊》社第26届青春诗会，2014墨西哥城第三届国际诗歌节、墨西哥学院中国作家论坛，2017歌德学院中德诗人"诗人译诗人"工作坊。著有诗集《T》。有诗作获第五届李白诗歌奖。诗作入选多种重要诗歌选本并被翻译成英语、德语、西班牙语译介到国外。

疼

"手指被划伤,像闪电……"
——女儿用创可贴裹手指
"肚子里什么都没有,真荒凉"
——女儿病中说

082

雨中的女儿

女儿穿着校服

露出粉色花样的衬衣领口

校服裤短了一截

露出她的脚踝

我搂抱她　和她道别

她在雨中　撑着伞

一个人走

下围棋的女儿

女儿在书房里练习围棋

"妈妈,帮我想想!"

面对棋盘上的围城攻略

我束手无策

不敢挪动白

也不敢拿开黑

担心一不小心

陷入万劫不复

八岁的女儿先是撒娇

然后说我是

胆小鬼

她手拿棋子

在空中左摆右摆

错了再来

救活一盘僵局

林火火

林火火，江苏省作家协会会员，作品见于《诗刊》《诗潮》《诗选刊》《扬子江》等，2016年参加《诗刊》社第32届"青春诗会"，2017年参加《十月》第七届"十月诗会"。著有诗集《我热爱过的季节》，现居苏州。

幸好,宝贝

幸好,宝贝

我还可以爱上你

幸好,他们只是拿走了一场大哭

和不离不弃到老死的断想

失去那些

让我变得更轻,更像灰尘

可以附着于世或者沉入泥土

幸好,宝贝

你把阳光空气和水,还有勇气依次给我

让我把鱼鳞褪成梅花烙印

让我重新怀揣上一颗嫩芽的梦想

让我用从未沾染雨水的梨花,来拥抱

我们一起存在的尘世

幸好，宝贝

我可以如此爱你

就像婴儿爱着生命最初的颜色

就像不曾爱过

更不曾被伤害过

思礼

思礼，原名李根艳，一位两个孩子的诗意妈妈。

蒙太奇

每次知道我出门

你总是先跑去阳台

从楼下回望

看见小小的你

踮着脚尖

努力挥臂

和我再见

多害怕

再一次回头

你就已经长大

药

自己生病了

医生嘱咐要和孩子隔离

如果做不到

就让孩子一起喝中药预防

看着黑乎乎的一碗

九岁的女儿

皱着眉头

憋着气喝了下去

说

还不如

隔离

091

安琪

安琪，本名黄江嫔，生于1969年。合作主编有《第三说》《中间代诗全集》。出版有诗集《奔跑的栅栏》《极地之境》《美学诊所》及随笔集《女性主义者笔记》等。诗作被译成英语、德语、西班牙语、日语等。画作被《诗刊》《文艺报》等五十几家报刊及诗文集选用。

你的爸妈是否也说你是垃圾箱捡来的

每次经过垃圾箱

我都会认真翻寻

我的运气不如我爸妈好

迄今不曾捡到一个婴孩

┤ 李荼

李荼，诗人，出生于山东章丘。做过导游，日语教师，擅长的是讲课声音一定要压倒旁边教室讲课老师的声音。曾获第三届国际华文诗歌奖提名奖。两度当选中国实力诗坛诗人。

早恋

儿子早恋了

有天,冷不丁问我

"妈,马佳佳好看吗?"

"马佳佳啊,一般。"

儿子撇嘴,表示不屑

新学期开始,军训回来

儿子推开门兴奋地对我说

"妈,你说得太对了!"

── 黑瞳

黑瞳，1983年生，浙江温州人。

午后不宜长睡

睡醒后
天都快黑了
我躲在厕所
不出来
一个美丽的小少女
学着我妈的口吻
喊我的小名
去吃晚饭
天哪　这个小少女
竟然是我几年前生下来的

六月

六月总是下雨

我躺在床上

和多年前一样地躺着

六月总是下雨

天气潮湿多变

窗外的树总是一样的

白云掠过的姿态是一样的

可以忽略两个六月的差别

在同一个日子

我获得一个孩子

我失去一个孩子

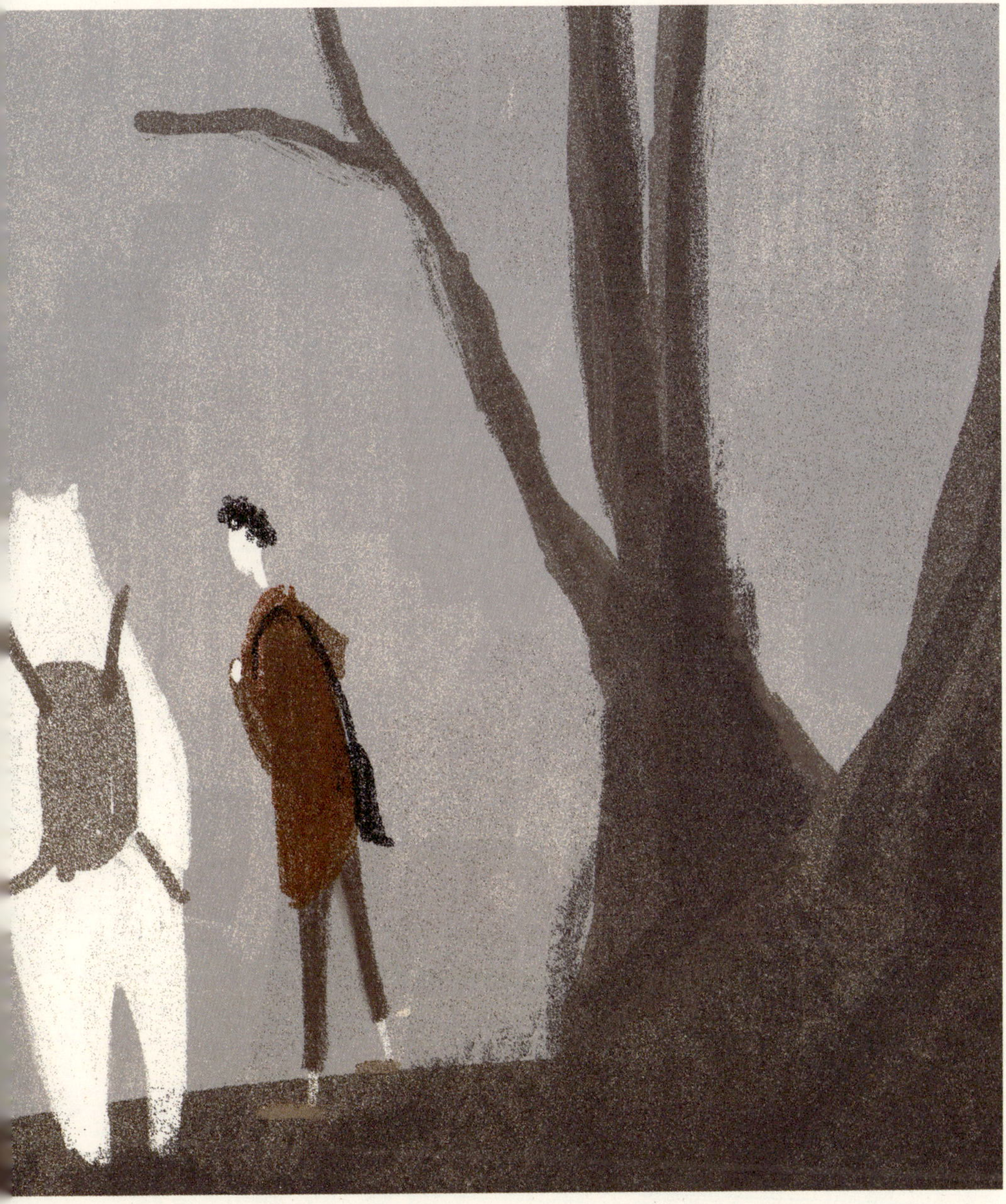

穿骑士服的女孩

参加

英语班

阅读班

跆拳道班

绘画班

书法班

骑术班

——照片中

穿着骑士服的小女孩

俊俏的脸,浑身上下

像身负一个王朝前程的

王子

"骑术班一节课五百元"

母后脸色暗黄

父王身材瘦小

略微躬着身子

衣服褪了色

"离家近的培训班

她都是自己去的"

生日许愿

"今天是妈妈的生日

我要许愿

妈妈不要再生病

感冒

月经"

我的小女儿在祈祷

多少岁

老人坐在白色铁床上
盯着他的
曾孙女
"你几岁了?"
"我九岁。你呢?"
没有回答

┤ 伊秋梅

伊秋梅，湖南邵阳洞口县人，惠州城区作协会员，倡导贴近生活的真实写作。

儿子现在讨厌的

我们贫穷的现状

我曾经也深深地

讨厌过

那时候

我甚至想

爸妈为什么要生

那么多个孩子

为什么要生下我

我的邻居们

只要有人说

你是你父母捡回来的

我都很相信

我渴望着

有个有钱的父母

这一点

我现在的儿子很像我

和崇芬

和崇芬，生于1988年，教师，现任职于迪庆州维西县某小学。

问题

十岁的侄子问我

如果人类灭绝了

那猫和狗就能统治世界吧?

因为它们能自己过马路了

它们也能像人类一样创造文明吗?

还是谁会统治世界呢?

世上真的有外星人和鬼吗?

我摸摸他的头微笑着说

你长大就能明白了

我小时候大人也这么说

不知不觉我都三十了

还是不明白

迷失

2057 年 10 月的最后一天

因为老年痴呆

我时常分不清东西南北

儿子因此不让我出门

我偷溜出去

再也没能回家

109

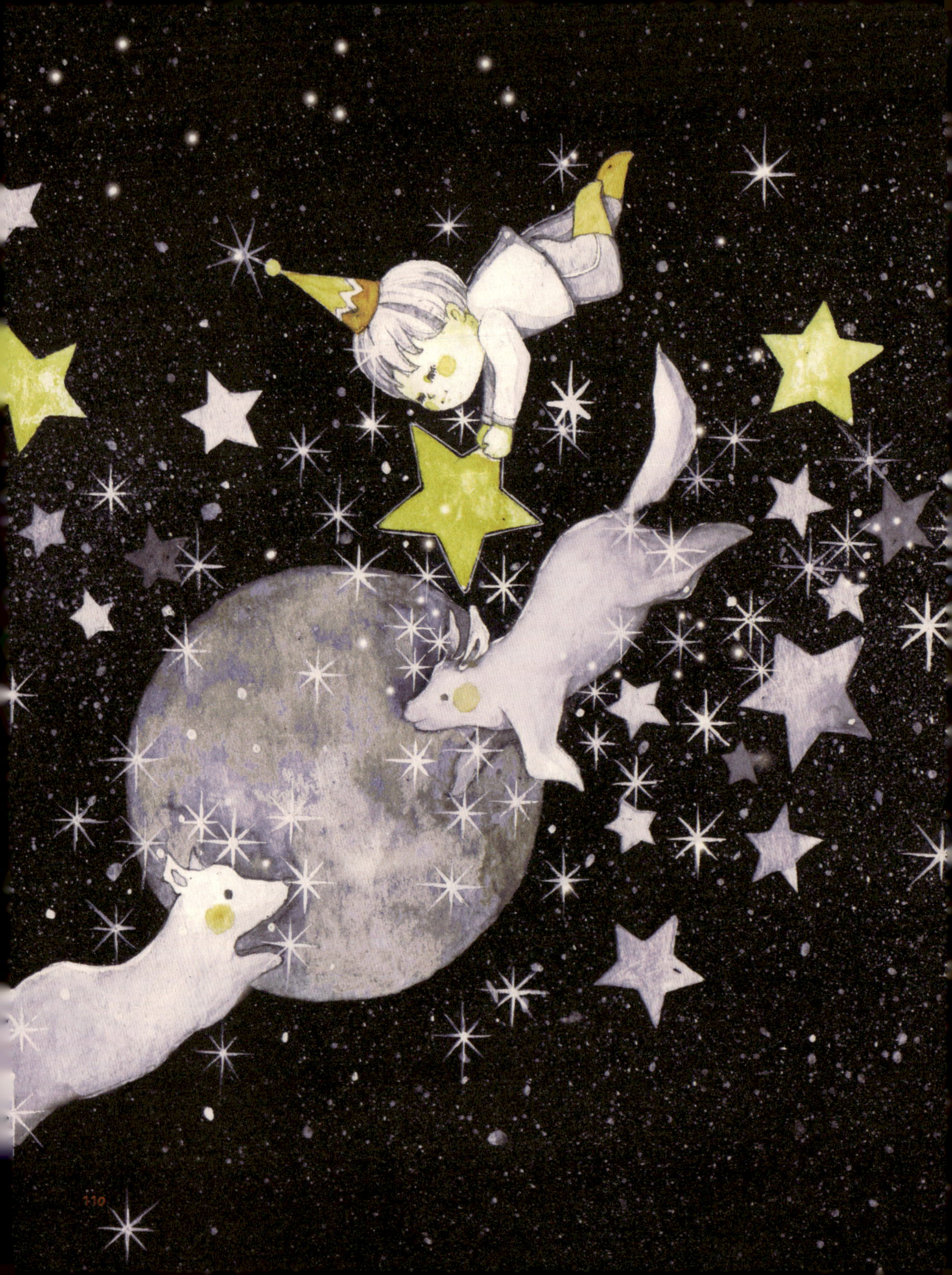

打嗝

儿子喝了一大口可乐

打了个嗝

于是他跑到我身边

喝下一大口可乐

自豪地打着嗝

他骄傲地向我们展示着新技能

惯性

周末去看老公儿子

睡到半夜

模模糊糊听见儿子说撒尿

我还没反应过来

平时喊不醒的老公

早已经一骨碌爬起来找尿壶去了

模模糊糊中

一家三口又睡着了

二人世界

不管去什么地方

老公都会带着儿子

终于有一次

孩子没在

可我却

没有想象中开心

一小孩的周末

我在父母起床之前打开了电视机

调到了我最爱看的动画片

再把声音关了

听到爸妈起床

我悄悄地关了电视

躺回床上等待妈妈喊我

我上午要去钢琴兴趣班学习

下午得上语数外辅导班

晚上在家写作业

如果可以

我能去玩玩游戏该多好

角色

小儿和邻居家的姐姐玩儿

我在一边看着

他深情地喊妈妈

我赶紧答应

他看都没看我一眼

拉着邻居家的姐姐喊着妈妈

从我身边走过

117

都尿急

几个同事

吃过饭出来

忘记上厕所

小儿两岁多点

拿出小鸡鸡

畅快淋漓地撒尿

一同事说

我也两岁多就好了

如此这般

我跟夫开玩笑说

我去隆个胸吧

他头也不抬地吐出一句话

等生二胎后断奶了再去

── 严小妖

严小妖,女,1989 年 5 月生于贵州。诗观:试着用一颗笨拙的心接近诗歌,让文字把生命落于纸上。

死前留情

我站在菜市场的

鸡笼面前

精挑细选的它

已经想好

鸡冠子给丫头

鸡腿是婆婆的

内脏我都要

先生吃什么都行

今天降温

我穿得单薄

它扇动着翅膀带起的风

给了我一丝温暖

此刻我们像在告别的

一对老朋友

里与外

他们说

我开心

你就开心

想着社会邪恶

挑个日子我也

难过一下

胎教

我有时看书

有时听音乐

有时也写几首诗

怕你觉得

刻意为之

有时我也

打打游戏

尴尬

孩子

你已经掰坏我两副眼镜

你外婆说我就是活该

倒不是钱的事

又不能告诉外婆

我觉着在你眼里

戴眼镜的才是妈妈

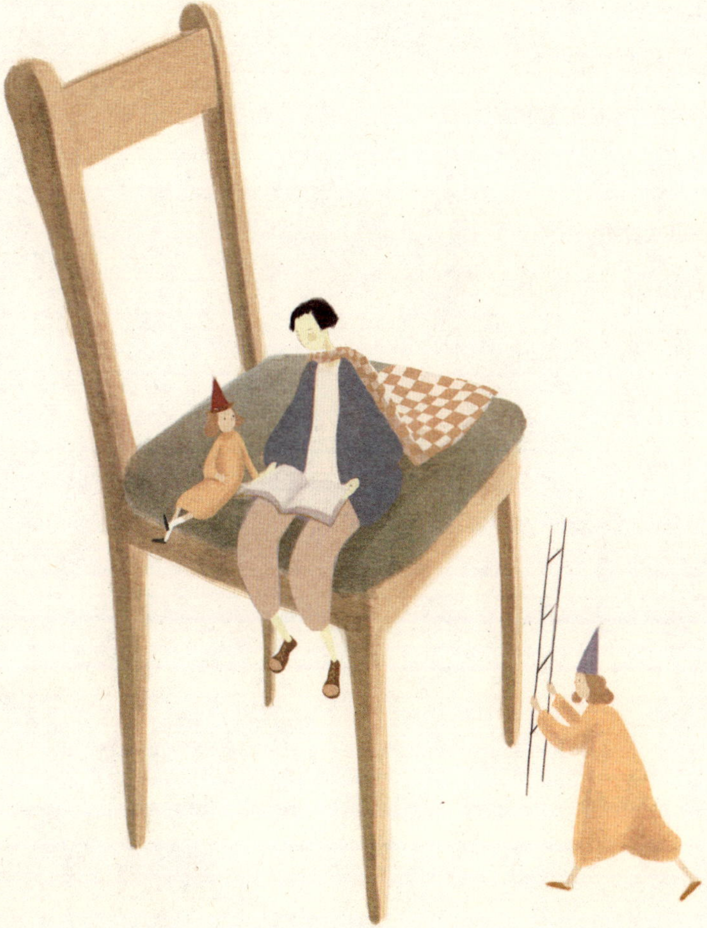

不在身边

学校有一种小花

味苦泛黄属某科

绽放好久了

每次路过

脑补的画面都是

你笑着　跑着说

花花美

妈妈美

杨艳

杨艳，80后诗人。写诗是自我的修行。

偷听

在餐馆
看见女儿幼儿园班上
的两个老师
坐在一柱之隔的邻座上
她不过去打招呼
而是一直躲在柱子后
不让她们看见
说是要听一听
谈话的内容
她说
她们肯定会谈到
她女儿班上的事

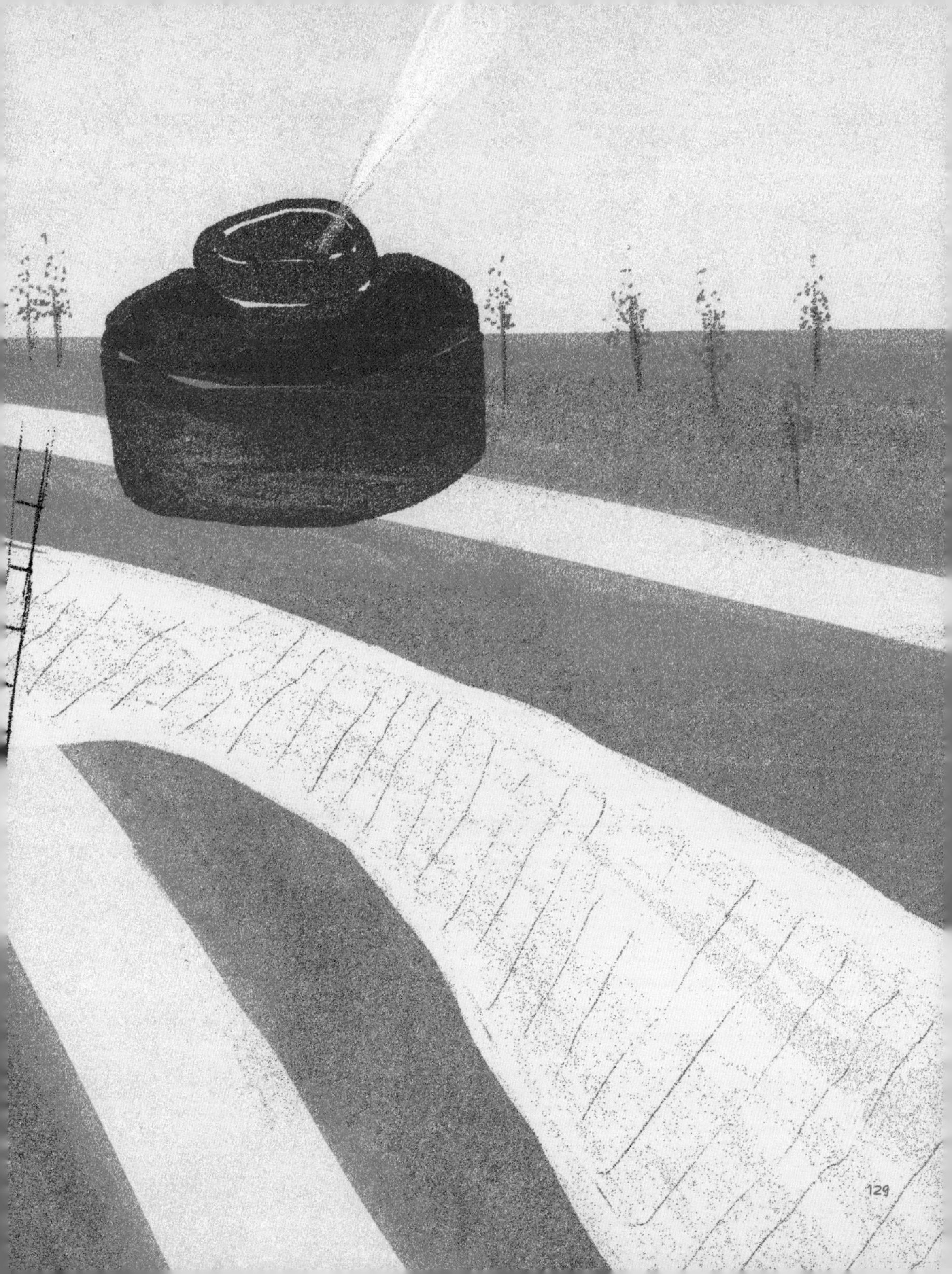

隐士

在成都
游若昕带没坐过地铁
的老游坐地铁
教老游用微信
在麦当劳点餐
教他喝咖啡
告诉他什么是抖音
谁是赵丽颖
我说老游真像个隐士
小游立刻接口说
对
隐在
办公室里

在李白纪念馆

长安诗歌节朗诵会的间隙

我和姜二嫚一起上厕所

路上

她嘴里一直念叨

气死了

气死了

男女不平等

他们男的可以参观

李白上过的厕所

我们女的却不行

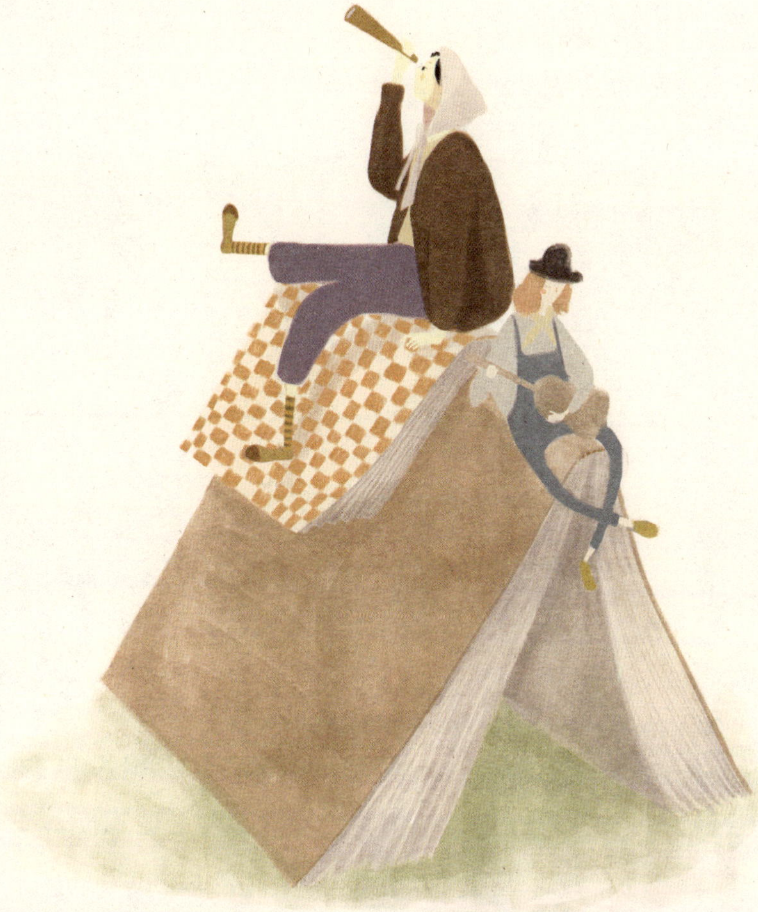

抱怨

跟我妈抱怨

她身上所有的不好

我都遗传了

爱发愁

个子矮

牙不好

长痔疮

尤其是长痔疮

大人才得的病

我小学就有了

她一直笑而不答

最后说了一句

我就是生你的时候

才长的痔疮

救救我

傍晚
看到一个消息
有个小学生
放学回家的路上
被公交撞没了
朋友圈有人发图
寻找
他的父母

刚才
我在读一首诗
楼下传来一个小孩
声嘶力竭的哭喊声

"救救我　救救我"

听起来很是凄惨

他不知道自己

是幸运的

他只是个

被父母

教训的小孩

查文瑾

查文瑾，回族，1978年生于宁夏，著有诗集《纯棉》《天大的事春天再说》，作品入选《休斯顿诗苑》《诗天空》《新世纪诗典》《中国先锋诗歌年鉴·2017卷》等，获第三届自由诗歌奖。

小斑马过斑马线

不像橱窗外

那只小狐狸

看着皮草大衣

就撕心裂肺地哭妈妈

小斑马觉得

只有踩在斑马线上

大地才有了

妈妈的气息

只是每迈出一步

心都会往下

沉一点

抱紧理想

他喜欢唱《李白》

唱《有理想》

放学哼哼

上学也哼哼

可老师怎么都看不惯他的哼哼

说他耍个性

说他没前途没理想

老师不知道

他有一款抱枕

印着星空和有理想三个字

每晚睡觉都抱着

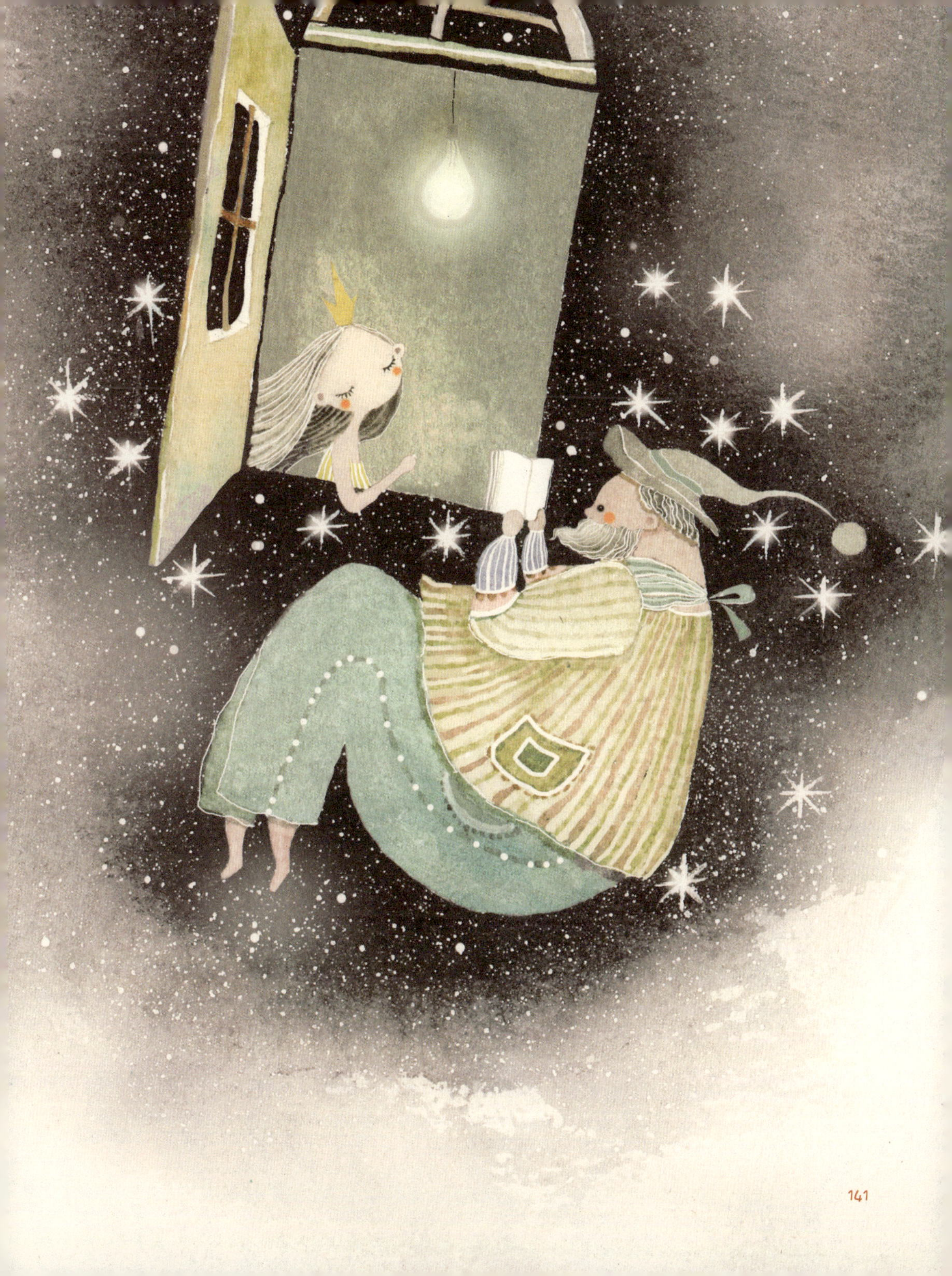

小吃货的诗

妈妈,我也要写诗

可是,妈妈,我不知道诗该怎么写

妈妈,你有没有觉得

白天就像奶油冰激凌

夜晚就像朱古力冰激凌呢

妈妈,我们一起吃吧

吃完了白天吃夜晚

是啊,小吃货,在人间

在此时,除了甜,我说不出更多的口感

宋雨

宋雨，出生于新疆，雨落到手上都变成了星星，只好写诗。

哎哟，妈妈

妈妈，我真的不喜欢你再给我梳头

我坐不住。外面的小草都发芽了，妈妈

你还要给我扎上红头绳，绿头绳

一边骂我是黄毛丫头，一边拧着麻花。

伙伴们在野外喊杀阵阵，穆桂英就要挂帅了

我的杨宗保他，他，他

他在等待一个失而复得的我

哎哟，妈妈。

桃木梳子不小心生出了桃红

我这个命犯桃花的

无可救药的

你的野丫头。

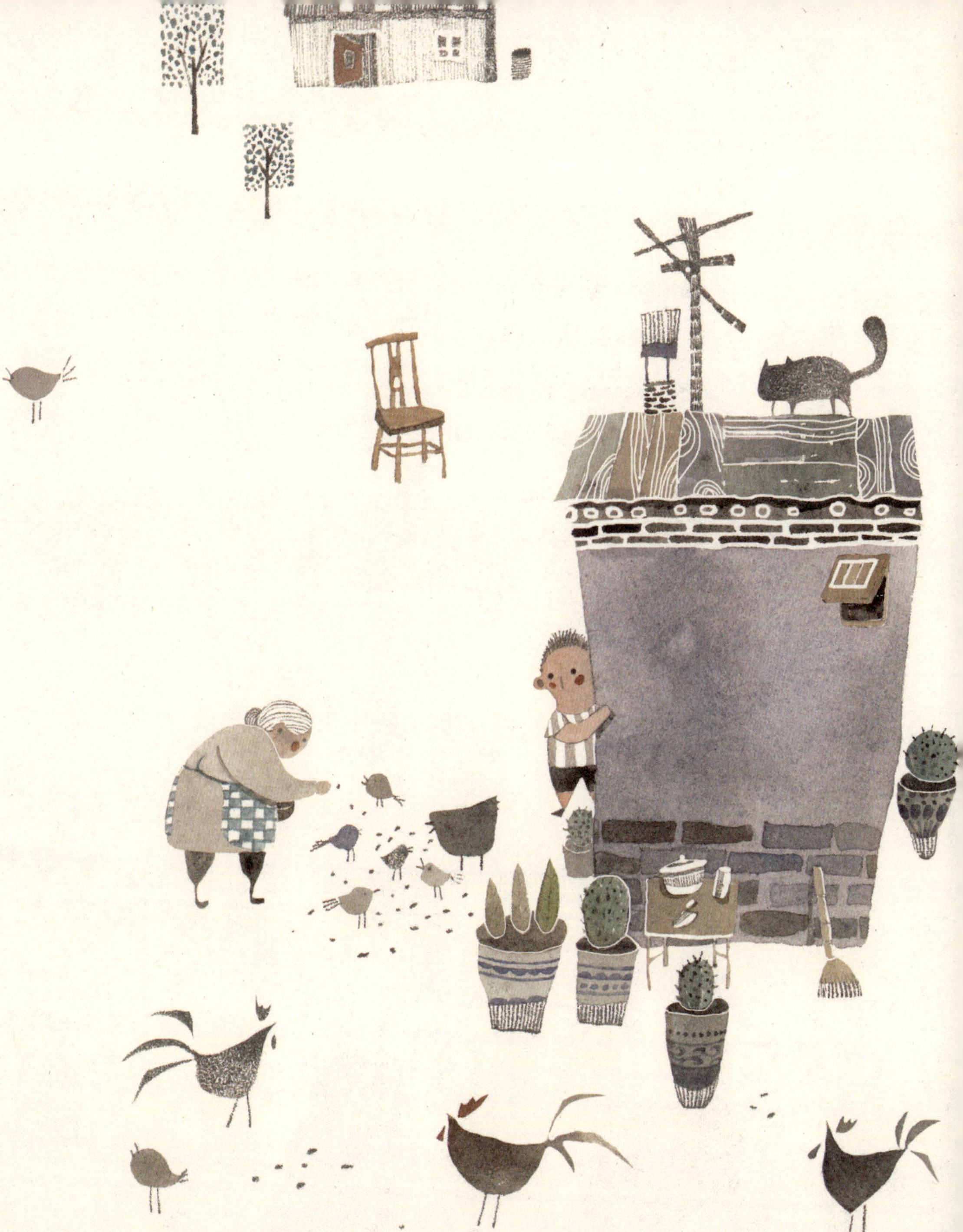

美香妃

这些曾经载歌载舞的

高鼻梁，眼睛深潭一样的人

他们的唇线分明并且性感

甚至，我喜欢过他们中的一个

想为妻，像小鸟一样依着

在一个慵懒的午后

在这一片土地上的，其中的

一个葡萄棚下

诗意地掏他的耳朵

我们的女儿已怀胎十月；这样一个也叫

"古丽，古丽"的美香妃

再也不能出世。

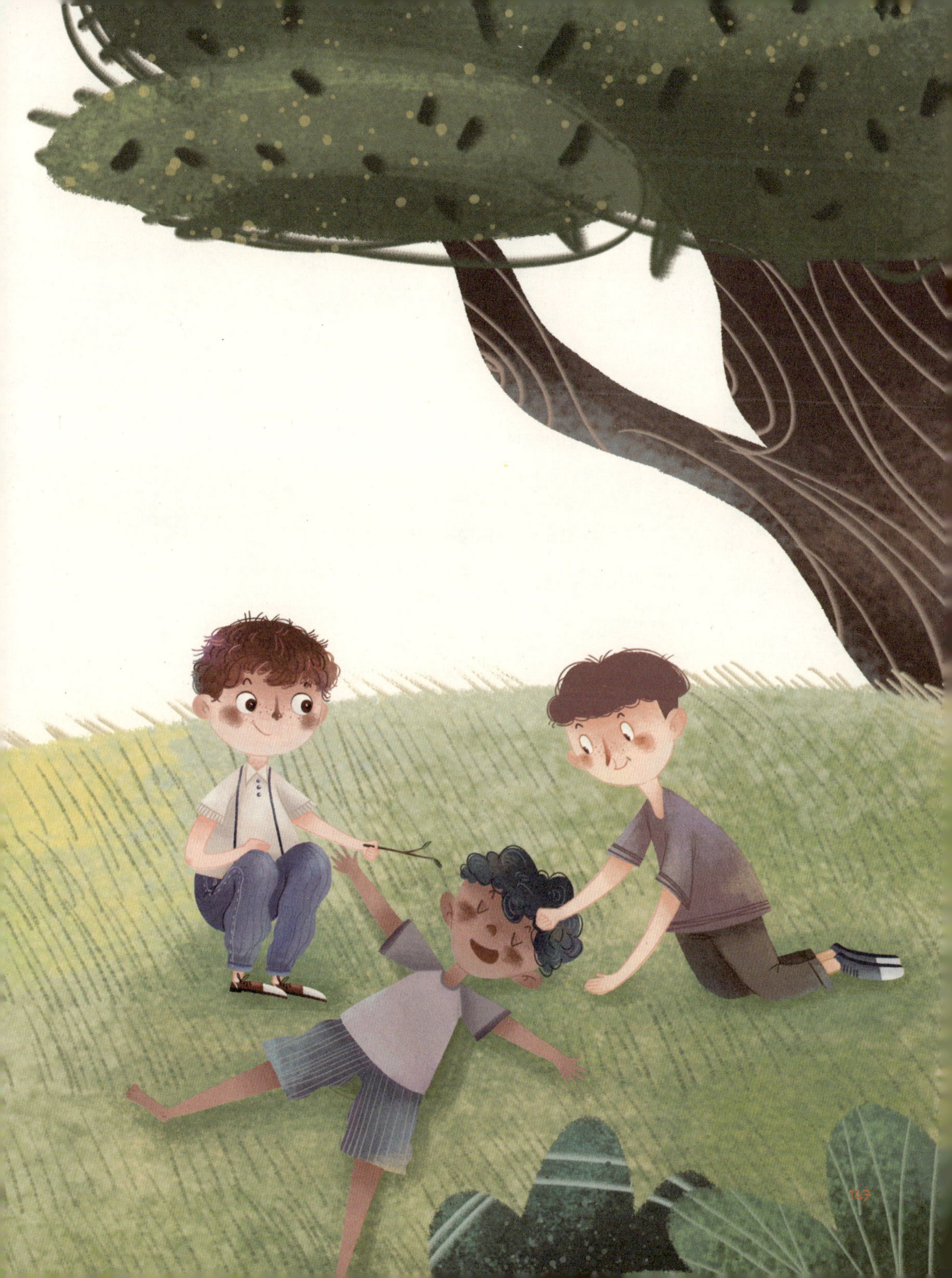

六一这天她无意中写了首诗

新生儿的妈妈

给一张宝宝的照片

配诗

"愿你所有快乐无须假装,

愿你此生尽兴,

赤诚善良。"

宝贝在酣睡

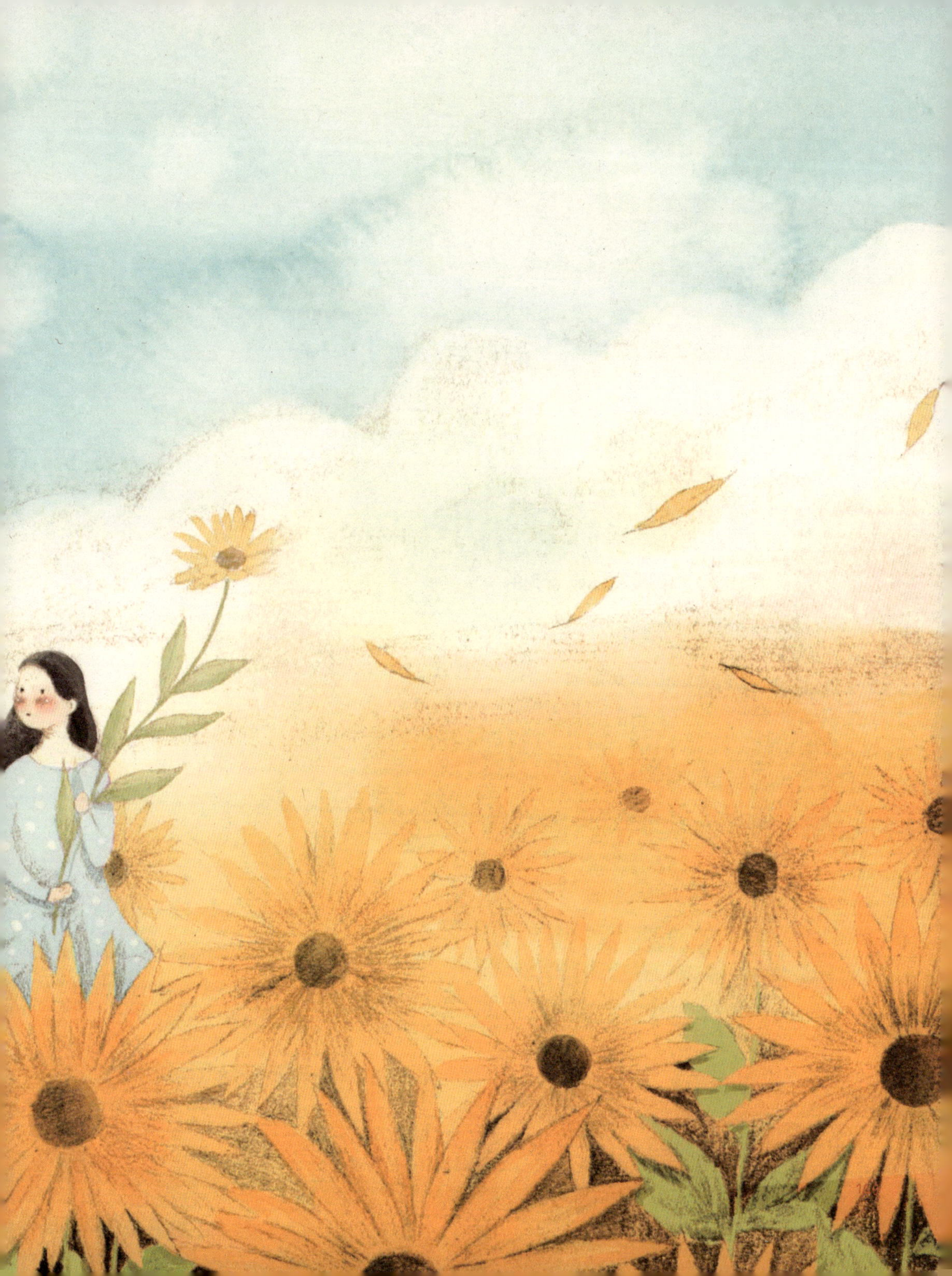

英雄

小外甥女的

手机游戏排行榜上

我永远第一

我没有让她看我的

手机游戏排行榜

因为我是她

心目中的英雄

151

给我未出世的女儿

要不要,把我最珍贵的首饰

带给她?

用不了多久

她就要出嫁

然后带走它

还有我用青春和泪水掩藏好的秘密

要不要,告诉她

如果命运捉弄她重复

我的命运

当她问起古老的命题

在这首诗中我也无法回答。她会不会?

和我一样对数字

一无所知。如果她有了生育之苦

不，不

还是让我来吧

如果她的美让她绝望

还有这首诗的标题会让她哭泣

煮妇

将新玉米

土豆

红薯

和三个牛眼茄子

放进锅里

水汽上来后

顶得锅盖

发出一阵阵

哨声

仔细听

很像

青海姨娘家的表妹

十三岁

出嫁时的哭泣

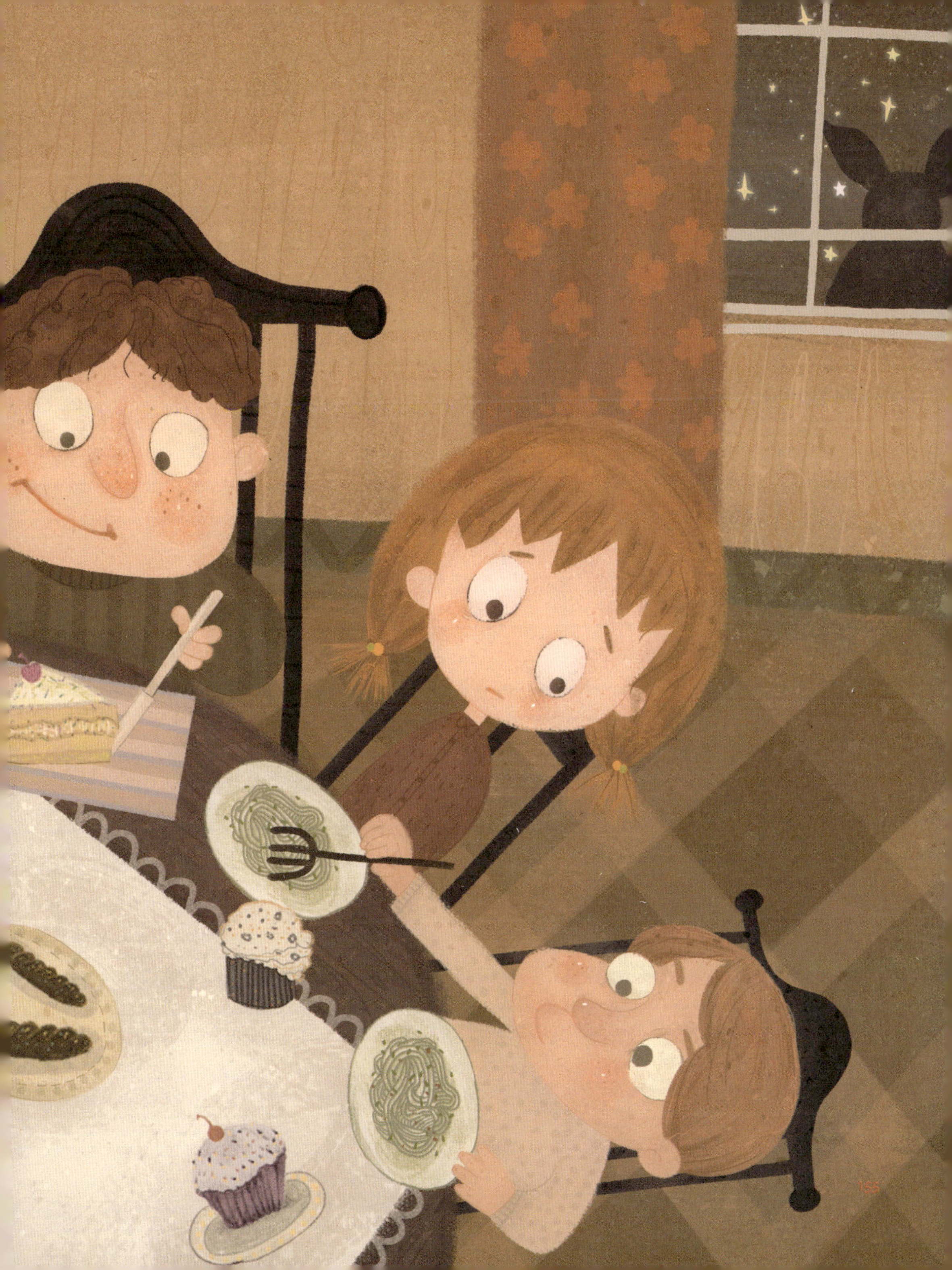

| 莘欢

莘欢，生于 1983 年，诗人、翻译家。中文诗在国内各大文学期刊上广泛发表，作品被收录进《新世纪诗典》《当代诗经》等重要选本。英文诗及译作在美国、澳大利亚、加拿大广泛发表。2016 年荣获磨铁读诗会中国十佳诗人及最佳诗人奖。

卡特罗吉

"妈妈,帮我上网查一查卡特罗吉。"

"谁?"

"不知道,它突然在我脑中出现了。"

"那就不用查了,它并不真实存在。"

"为什么达·芬奇真实存在?"

"因为书上有记载,但这个人是你想出来的。"

"不是我想出来的,是突然出现的。它只是没出现在你脑子里而已。"

毕业汇演

让我们哭笑不得的

总是老师

安排的台词

让我们乐的

总是舞台上那个

出错的孩子

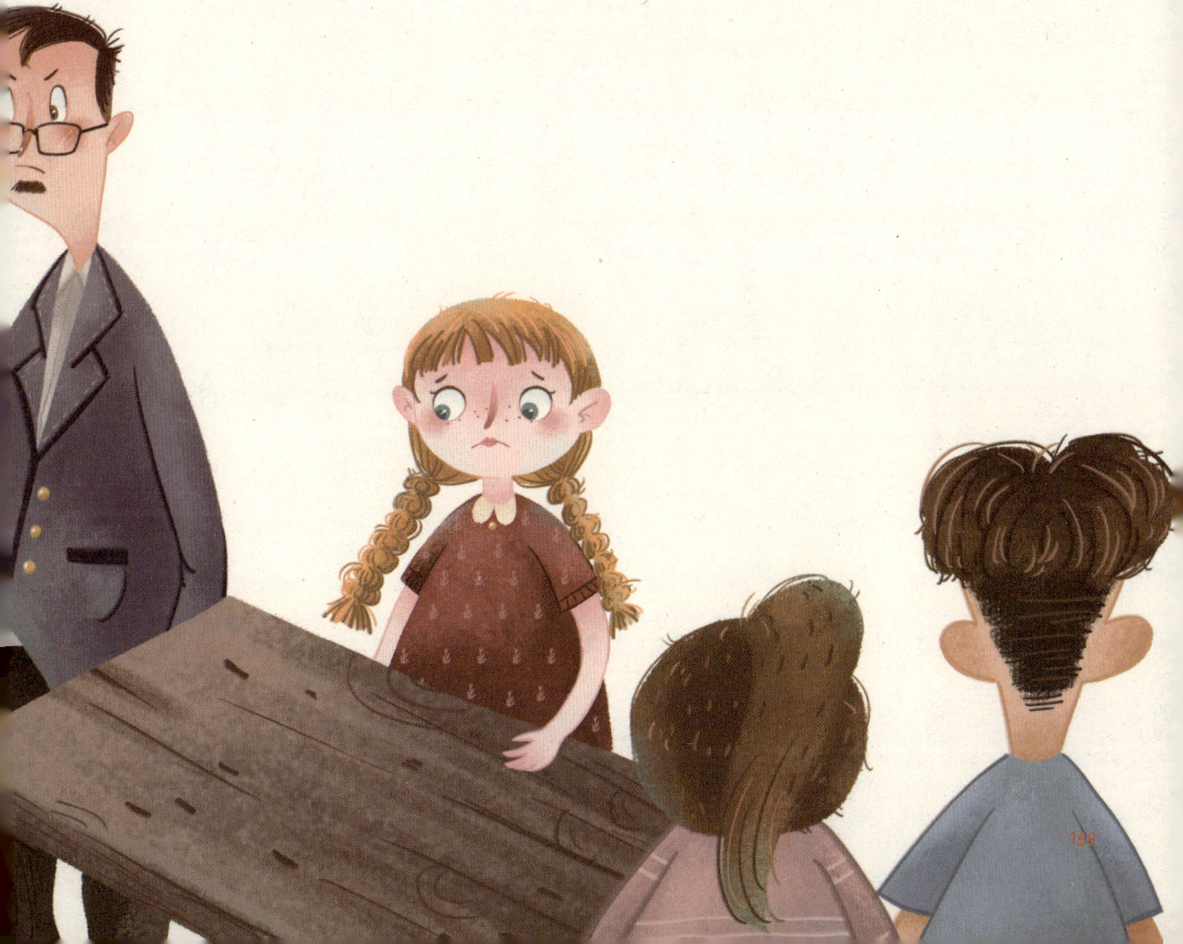

鱼

我告诉女儿

金鱼听不懂人话

她不信

搬个小板凳

坐在鱼缸边

开始讲小鸡打架的故事

过了一会儿

故事讲完了

她兴奋地跑来汇报

鱼有反应

一开始它只是游

后来

它边游

边拉屎

参观

幼儿园大班的孩子

今天去一所小学

参观

明亮的教室里

一片碧绿

桌椅是春草的颜色

唯一的红

来自一前一后两面黑板

上方

前面是国旗

后面是一行大字：

富强　民主　和谐　自由　平等　公正　法治……

恭喜他们

要学认字了

夜晚散步时,女儿对我说

清晨的一缕阳光

把我惊醒

我突然想起

还在你肚子里的时候

我就想要月亮了

女儿的两个问题

我都答得不尽如人意
第一,要怎样做
她才跑得过一匹小马
第二,祖国妈妈是什么

中国式

在幼儿园等女儿下课的时候

我拿出诗

坐在长凳上读

旁边有位妈妈

气愤地说

我刚才去看了一眼

都在教室里疯玩

学什么画画?

我花钱又不是让他们玩的!

透过稀疏的树叶

我瞥见她在仔细端详

自己在黑色玻璃上的倩影

她头顶的发髻

像个小尼姑直蹦

在这首诗的末尾

她又说：

童年太快乐，

长大没出息！

蝶

一只黑色蝴蝶

折翼躺在阳光下

绚烂的花纹

风干成纸

女孩说

它们还是活着时更好看

替海菁写首诗

我睡不着

就拿手机玩了一会儿

汤姆猫

结果被妈妈发现了

她像一只

受惊的乌贼

对着我

不断喷墨

生肖之争

草地上

一个刚满七岁

属虎

的男孩

对着一群

六岁女孩

大喊：

你们都是小 bb——

话音刚落

两个女孩

捡起小树枝

头抵头商量

"把他打一顿！"

还有一个

梳羊角辫的

从人群中站出来

左手掐腰

右手对准

男孩的脸

镖出一个

兰花指:

你别嚣张——

等会儿我就告诉我妈

让她给我

生个

属牛的弟弟!

位置

女儿邀伙伴来家里玩

中间闹脾气

跑进卧室咣地一下把门反锁

她想出来的时候

却怎么也拧不开

我隔着门批评她莽撞又无礼

她吓得直哭

求我快打电话找人开锁

息事宁人之前

我迅速加上三个条件

一、主动认错

二、把口述日记写完

三、多练一篇字

她连声说好好好

母亲在一旁

笑话我欺凌弱小

而我也恰好看见

几十年后

我和她如何

互换了位置

二嫚的点子

走在李白大道上

我和老游说起海菁

这个和若昕一样

瘦得像干猴

也不好好吃饭的小孩

每次看她吃饭

真想把饭碗

直接盖在她脸上

走在前面的二嫚

回头慢悠悠地说

那就盖嘛

盖完就乖了

175

女儿 1/2

每个周末

从前夫家里

把女儿接回

都会看见她头发散着

脸上挂着眼屎

裤子松得吊在胯上

像刚从地里刨出的白萝卜

从容

从容，诗人、国家一级编剧、跨界艺术家。1999年在国内率先开始诗歌与剧场的跨界探索。"中国诗剧场"和"第一朗读者"创办人。著有诗文集《隐秘的莲花》《从容剧作选》等。

痴心部落

我想告诉你一个世界

用黄格子、白格子和黑格子

构成的痴心部落：

格子里的人喜欢去别的格子串门

他们爱某些事物和人

爱得太深就会生病

病得太重就会死去

假使一个人不深深地爱这一切

就会被怀疑是一个不合时宜的人

如同我，一向欣赏奇怪的人：

哲学家、宗教狂热者、飞碟研究者

异想天开的离经叛道者

不要傻到成为海里的一滴泪

如果在四万人中没有遇见深爱的人

就把时间献给画布和沉思

不要像你的母亲

在一个格子里横冲直撞鼻青腿肿

你叹着气，漂洋过海

期望为我买两百件睡衣

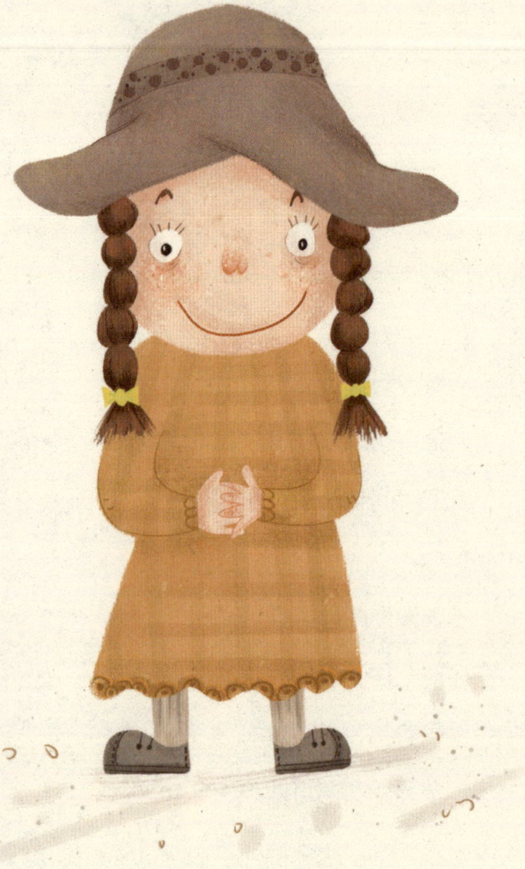

孩子

我多么希望你永远五岁
像个香甜的小面包
让每个爱你的人咬上一口
你爱的人就永远不会逝去

你安静地坐在我的面前
嘴里念念有词
你说你已经告诉上帝
他同意你可以不去幼儿园
并且还送你一只
真的牧羊犬

托梦

女儿梦见白衣服的女人

躺在淌血的地上,

像一条美人鱼

"她睁着极大的双眼

向我求救,

我喊来一行人

为首的抱走了她。"

早上女儿惊醒

我说:长春刚来电话

姑姥姥病危,吐血

下午 5:26 分走了

女儿说:"她是被天使接走的。"

湘莲子

湘莲子,广东女诗人,第二届李白诗歌奖评论奖得主、第三届李白诗歌奖入围奖得主、第六届李白诗歌奖推荐奖得主。

基辅大雪中的女儿说……

妈呀——

你给我买的皮靴不是雪地靴

你给我买的羽绒大衣不是风雪大衣

你住过的地方都没有雪

你见过的冬天都不是冬天

你以为是衡阳雪落盖不住屋顶

而地面只有冻雨打滑的寒冷加欢乐

你以为雪落大地纯净如初

混沌不染俗尘而又玉洁冰清

你以为纷纷大雪只是瞬息

而室内暖气可以温暖一个冬季

你居然从来没教过我在雪地上走路

你居然从来不知道在雪地上怎么走路

我每天被两个内蒙古同学架着去上课

我们发明了只有我们才听得懂的雪地口令

啊进、得哇、特哩

啊进、得哇、特哩

我们把中国的一二三

直译成俄语的啊进、得哇、特哩

我们高喊着中国句式的俄语口令

我们跌跌撞撞步调一致向前走

啊进、得哇、特哩

啊进、得哇、特哩

那些"毛子"哈哈大笑

他们也会跑过来教我学走路

在摄氏零下三十三度的积雪上行走

我一边听音乐一边跟你手机 QQ 视频

你想不想来雪地里学走路

你要不要我教你在雪地上昂首阔步

煮妇的烦恼

吾桐樱

每天我都要思考
三个问题
早上吃什么
中午吃什么
晚上吃什么
有的时候
我想
饿个一两顿
但问题是
还有女儿和老公
于是我就
准备好他们的饭菜
然后自己
再饿着

《爱国不用教》

散步的时候
女儿突然攥紧拳头
把头扭向我
愤怒地说：
我讨厌日本！
（为什么？）
因为它又小又欺负我们！
我讨厌俄罗斯！
（为什么？）
因为它最大！
我讨厌美国！
（为什么？）
不为什么，就是讨厌！
它们比杨宇轩
在我语文书上乱画
还讨厌！

　　　　　　　茅欢

给孩子写

一首小诗

——写给孩子的诗

一首小诗

——写给孩子的诗

一首小诗

——写给孩子的诗

本书中插画作者及作品：

倪文 - 豆豆龙的心愿 /002，自卑 /006，变化 /008，儿子辗转的城市 /014，本能反应 /019，深秋里 /024，无题 /034，女儿的宝贝 /046，哥们儿 /050，比星星 /068，打嗝 /111，抱怨 /134，救救我 /136，抱紧理想 /140，哎哟，妈妈 /144

芦叶 - 隔 /011，思念的方式 /062，一小孩的周末 /114，美香妃 /146，毕业汇演 /158

瓦个 - 教育 /012，秘密 /030，群聊 /033，一个人 /039，家有考生 /058，两个新词 /060，称呼 /075，幸好，宝贝 /086，蒙太奇 /089，六月 /098，二人世界 /113，角色 /116，如此这般 /119，里与外 /122，尴尬 /124，不在身边 /126，偷听 /128，在李白纪念馆 /132，英雄 /150，给我未来出世的女儿 /152，女儿 1/2/176

白蜷 - 无题 /027，周末 /042，二嫚的点子 /174

张敩 - 美人鱼 /036，鱼 /160

张博森 - 药 /090，你的爸妈是否也说你是垃圾箱捡来的 /093，小吃货的诗 /142，卡特罗吉 /157，中国式 /166，痴心部落 /178，托梦 /182

周语尘 - 迷失 /108，隐士 /131，煮妇 /154，替海菁写首诗 /169，孩子 /181

胡言 - 完美主义者 /028，亲爱的橙子 /073，六一这天她无意中写了首诗 /148

一留留 - 位置 /172

总 策 划：刘志则　　产品总监：庞　涓

特约编辑：李勋阳　　媒体推广：周莹莹

装帧设计：苏洪涛　　责任印制：周莹莹

团购热线：010-84827588

妈妈们的诗

材质说明

奥森童书

内文采用瑞典进口纸，84度白，绿色阅读不伤眼。

图书在版编目（CIP）数据

妈妈们的诗 / 奥森编 . — 石家庄 : 花山文艺出版社 , 2018.10
 ISBN 978-7-5511-4374-5
 Ⅰ . ①妈… Ⅱ . ①奥… Ⅲ . ①诗集 – 中国 – 当代 Ⅳ . ① I227

中国版本图书馆 CIP 数据核字 (2018) 第 241558 号

书　　名：妈妈们的诗
编　　者：奥　森

责任编辑：梁　瑛
责任校对：李　伟
美术编辑：胡彤亮
出版发行：花山文艺出版社（邮政编码：050061）
（河北省石家庄市友谊北大街 330 号）
销售热线：0311-88643221/29/31/32/26
传　　真：0311-88643225
印　　刷：艺堂印刷（天津）有限公司
经　　销：新华书店
开　　本：710×889　1/16
印　　张：13
字　　数：100 千字
版　　次：2018 年 10 月第 1 版
　　　　　2018 年 10 月第 1 次印刷
书　　号：ISBN 978-7-5511-4374-5
定　　价：68.00 元

（版权所有　翻印必究·印装有误　负责调换）